CHAPITRE 1
Le tag

Il est là. Immobile. Petite tache noire sur le mur blanc. Il m'attend, j'en suis certaine. Et moi, Tennessee, j'adore ce rendez-vous silencieux.

Depuis deux semaines exactement, chaque matin en sortant pour me rendre au collège, je l'aperçois de l'autre côté de la rue. Le chat. Il me regarde traverser, jouant le bel indifférent, et, à mon tour, je fais mine de l'ignorer. Je passe devant lui, et lorsque je me retourne, pouf ! il a disparu. De tout le jour, je ne le vois pas. Mais le lendemain, je le retrouve de nouveau perché au même endroit, à l'angle du mur blanc de Mme Ivinskaia.

Sauf que, aujourd'hui, le mur n'est plus du tout blanc.

Des inconnus l'ont orné d'un immense tag rouge légèrement violacé, bien dégoulinant. Dans notre quartier chic, ça fait désordre. Personnellement, j'aime le rouge. Et les tags. Ça vit. Ça fait bouger la ville. Celui-ci n'est qu'un unique mot étrange : « Talam ». Est-ce un groupe de musique ? Le nom d'une bande ? La signature d'un artiste ? Mystère.

L'énigme du tigre

de Walter Spock,
(alias Jean-Michel Payet)
illustré par Benoît Perroud

En tout cas, ce
bouleversement dans
la rue des Bleuets ne semble
pas gêner le matou squelettique. Alors
que j'arrive à sa hauteur, je me tourne vers lui.
– Talam, c'est ton nom ? je lui demande.
Il soutient mon regard, puis, un peu crâneur,
se lève, s'étire pour bien me faire comprendre
que je ne l'effraie pas, et hop ! d'un bond, il
disparaît.
Alors, je pars rejoindre Émeline.

CHAPITRE 2
Émeline

Avec ma copine, nous nous retrouvons le matin sur le chemin du collège. Je la vois arriver de loin et, chaque jour, son look est une surprise. C'est à cause de sa mère. J'aime beaucoup Mme Galais, la maman d'Émeline : c'est la personne la plus gentille que je connaisse, mais elle confectionne tous les vêtements de sa fille, et c'est toujours une catastrophe. Ce matin-là, nous sommes fin septembre, ma copine porte un manteau en patchwork marronnasse, fermé par une ceinture rouge vermillon.

– Pas de commentaires, Tennessee, me dit-elle en approchant.

Personnellement, son accoutrement, je ne le juge pas : j'ai mon propre combat à mener. Maman est une adepte du rose bonbon et des dentelles alors que je suis une accro de la salopette. Avec des baskets, un tee-shirt et un pull, c'est le bonheur ! À la limite, je supporte aussi les jeans : je suis très tolérante.

– « Talam », tu connais ? je lui demande.

C'est notre façon de nous dire bonjour : nous entrons tout de suite dans le vif du sujet. Elle me répond avec le regard d'une vache en pleine digestion :

– 'Cune idée. C'est quoi ? Une formule magique ? Une nouvelle marque de lessive ?

– Laisse tomber la neige, je dis.

Sur le chemin, elle me raconte qu'on a aperçu un lama en ville.

– Un type chauve habillé en orange qui vient du Tibet ? je lui demande, en me souvenant d'une histoire racontée par Babcia, ma grand-mère.

– Non, un lama, l'animal. Celui qui crache sur le nez du capitaine Haddock, m'assure ma copine.
Surprenant. Surtout à Rimenville, notre bourgade si calme, où, en dehors des chats

siamois
de Mme Weber, les animaux exotiques sont rares. Un lama. D'après Émeline, la bestiole aurait été aperçue du côté de l'ancienne usine de machines à coudre. Je me promets d'aller y faire un tour le soir même, après les cours.

CHAPITRE 3
Le tigre

Devant l'entrée du collège, sous les marronniers, les trois vipères de la classe comparent leurs nouveaux tops achetés chez Trop-Mod. Nous avançons, indifférentes, lorsque j'entends distinctement Priscilla susurrer :

– Tu vois bien qu'il y a un cirque à Rimenville : Tennessee nous ramène un clown.

– Meuh c'est pas un clown, glousse Sonia, c'est Miss Émeline Galais drapée dans une tente de camping…

– Rapiécée, la tente, ajoute Barbara.
Je m'arrête net. Mais alors que je m'apprête à répliquer, je sens la main d'Émeline qui agrippe la mienne. Elle pointe bravement le nez vers le collège, cherchant à ignorer les trois pestes. Cependant, sur sa joue, roule déjà une grosse larme.
Tout à coup ça me prend. Une colère, noire et froide.

Alors que je m'approche de Priscilla pour lui dire ma façon de penser, un râle monte du fond de mes entrailles, un feulement grave, sauvage. Je sens tout au long de mon échine un frisson, comme des poils qui se hérissent. Mes doigts se tordent, mes ongles se changent en griffes, ma lèvre supérieure se retrousse sur mes dents que je sens devenir crocs, mon dos s'arrondit, mes muscles se tendent. Deux pensées envahissent mon cerveau : bondir et lacérer.
Les trois filles reculent. Dans leurs yeux, je lis de la panique alors qu'en moi la rage bout encore. À cet instant, la main d'Émeline se pose sur mon épaule. Pour me retenir.
– Ten' ? Ça va ?
Je la regarde. Elle paraît aussi effrayée que Priscilla et ses amies. Encore entre deux rives, je sens cette force étrange qui m'a envahie retomber. Puis, d'un seul coup, je redeviens la Tennessee de tous les jours.

– Ça va ? répète Émeline.

Difficile de répondre. Mes jambes flageolent, des picotements titillent le bout de mes doigts, mon dos se glace tandis qu'une fine sueur perle sur mon front. J'ai déjà été mieux.

Je reprends mes esprits devant la grille du collège alors que les trois vipères s'éloignent, crachant leur venin :

– Faut te faire soigner, ma pauvre fille !

– Tu devrais voir un médecin…

– … ou un vétérinaire !

Je montre les dents comme un matou en colère. Ça va cancaner dans la cour.

Je reprends doucement ma respiration.

– Ça va, je dis.

Je ramasse mon sac et, à notre tour, nous franchissons le portail en silence. C'est alors que j'aperçois le chat noir qui m'observe de loin.

CHAPITRE 4
Un carnet

La journée au collège me paraît plus longue qu'à l'ordinaire. Impossible de me concentrer sur ce que racontent les profs. L'incident du matin m'a épuisée. 19
Que m'est-il arrivé ? Je sais que ce n'était pas un simple coup de colère. Pendant un bref instant, je n'étais plus Tennessee, mais… quoi ? Un tigre face à sa proie ? Serais-je en train de virer dingo ?
Au fil des cours, je reprends progressivement du poil de la bête. Cependant, l'inquiétude demeure.

En dernière heure, nous avons géo, salle 32. À ma place, je trouve un carnet recouvert de papier kraft. Je suppose qu'un élève l'a oublié là, mais, en le retournant, je découvre mon prénom inscrit sur la couverture. Intriguée, j'en feuillette les pages.

Incroyable ! Chacune d'entre elles porte un seul et même mot, répété de ligne en ligne : « TALAM ».

Comment est-ce possible ? Il n'y a qu'à Émeline que j'ai parlé du tag, et je ne l'ai pas quittée de la journée. Elle ne peut pas avoir rédigé ce message.

Alors, qui s'amuse ainsi avec moi ?
Le tag du matin m'était-il destiné ? Par qui a-t-il été tracé ? Et pourquoi ? Je voudrais ne pas donner trop d'importance à cette histoire, mais, au creux de mon estomac, un nœud se serre de plus en plus : j'ai les chocottes.

Aussitôt après le collège, je décide de rentrer fissa à la maison. Tant pis pour le lama d'Émeline, je passerai le voir une autre fois. J'ai besoin de parler à la seule personne au monde capable de prendre au sérieux mes aventures les plus folles : Babcia, ma grand-mère.

– On se voit demain ? je lance à ma copine.
– D'ac, je serai où tu veux, me rassure-t-elle.

CIRCUS
SALVAJES

CHAPITRE 5
Babcia

Depuis quelques années, Babcia vit chez nous. Sa chambre est au rez-de-chaussée de notre grande maison. Je l'ai aidée à la repeindre en vert émeraude, mais ça ne se voit presque plus : la couleur disparaît sous tous les souvenirs dont elle a couvert les murs. Chacun d'eux lui rappelle un événement. Lorsque j'y réfléchis, je m'aperçois que Babcia a dû vivre mille vies. J'ai parfois du mal à m'y retrouver ! Dans sa lointaine jeunesse, elle a quitté sa famille pour filer le parfait amour avec un dresseur de fauves sur les routes glacées de Pologne. Elle est ensuite

devenue écuyère en Bohême, équilibriste au Monténégro…

Le soir, alors que mes parents s'endorment devant la télé, elle me décrit les villes d'Europe où on l'a acclamée, et je me mets à rêver que, moi aussi, un jour, je pourrai découvrir ce monde merveilleux.

– Babcia, que sais-tu des tigres ?

Dès mon retour du collège, je me suis réfugiée dans son repaire. C'est l'heure sacrée où elle prépare son thé parfumé.

– Les tigres ? s'étonne ma mamie à l'accent roulant. Quels tigres ? Mon brave Andrzej… T'ai-je déjà parlé d'Andrzej ?

– Mille fois, Babcia.

– Ah ? Andrzej avait toujours refusé d'en dresser. Il ne faisait confiance qu'aux lions. Mais pourquoi me parles-tu de tigres ?

– Hum… pour rien.
Tandis qu'elle sort ses tasses et dispose sur une assiette les délicieux gâteaux qu'elle prépare elle-même, je réfléchis. Elle a connu tant de choses, peut-être pourrait-elle m'éclairer sur…
– Et « Talam », je lui demande, ça te dit quelque chose ?
Alors qu'elle s'apprête à verser le thé, elle retient son geste.

– Ah, ça… ce n'est pas impossible.

Elle attrape une des splendides boîtes en bois peint qu'elle empile sur ses étagères. Elle a habilement calligraphié dessus mon prénom. Babcia a plus d'un don. À l'intérieur, elle conserve les dessins, les cartes postales et les poèmes que je lui ai offerts depuis mon plus jeune âge.

Fouillant dans les papiers, elle en sort une feuille qu'elle parcourt en hochant la tête avant de me la tendre. C'est un texte tracé d'une écriture souple :

Sur une mappemonde
Un arbre a pris racine.
Dessous un tigre gronde,
Un beau lièvre chemine.

Et l'aigle qui s'élève
Attend avec espoir
Que les douze ans s'achèvent,
Révélant cinq pouvoirs.

Et c'est signé : « Talam ».

– Qu'est-ce que c'est, ce truc ?
– Une lettre qui t'était adressée. Elle est arrivée le jour de tes sept ans.
– Et qui me l'a envoyée ?
– On ne l'a jamais su, répond Babcia.
Elle lève ses sourcils bien haut, l'air navré, puis elle précise :
– Ta mère a voulu la jeter mais je me suis dit qu'un jour, peut-être, elle aurait un sens.
– Lequel ?

– Je l'ignore. Mais c'est toi qui viens de me parler de Talam et de tigres. Or, on trouve les deux dans ce message…
Je relis le poème. Pas très clair. Ma grand-mère me reprend le papier des mains :
– Fais voir ça. Pour quelqu'un comme moi, ça ne devrait pas être impossible à déchiffrer. T'ai-je dit que j'avais été diseuse de bonne aventure ?
– Non, Babcia. Celle-là, tu ne me l'avais jamais racontée.

Elle ajuste son large châle mordoré, et son regard s'échappe vers le ciel qui s'obscurcit.
– C'était à Bratislava. J'avais rencontré un diplomate qui…
– Babcia !
– Ah oui, voyons, ton texte… Hum… Nous avons cinq éléments : une mappemonde, un arbre, un tigre, un lièvre et un aigle… Et on nous parle de cinq pouvoirs… Il doit y avoir du symbole, là-dedans. Voyons…

Elle extrait de ses trésors un bouquin à la reliure mille fois rapiécée et se met à le feuilleter avec soin.

– Hum. Le tigre qui t'intéresse, c'est, dans certaines traditions, le symbole de celui qui aide à la transformation.

Méticuleusement, elle tourne quelques pages.

– L'aigle, c'est facile, poursuit-elle, c'est celui qui voit au-delà des apparences. Le lièvre surgit puis disparaît comme l'ombre de la lune. Et l'arbre relie la terre au ciel.

– Hum. Et la mappemonde, au début du poème ?

– Eh bien, c'est la Terre, celle qui nous porte tous…

CHAPITRE 6
Le lama

Je regagne ma chambre, perplexe. De ce que Babcia m'a raconté, je retiens surtout l'idée du tigre et de la transformation. S'agirait-il d'un des cinq pouvoirs évoqués dans le poème ? Et pour le reste ? Les questions se bousculent dans ma tête. Afin d'y voir plus clair, je m'assois à mon bureau et j'inscris en colonne : « Tigre, Aigle, Lièvre, Arbre, Mappemonde ». En face de chacun d'eux, je note son symbole. Je ne suis pas beaucoup plus avancée. Soudain, les cinq initiales me sautent aux yeux : TALAM ! Ce ne peut pas être un hasard… Je suis persuadée de me trouver sur la bonne piste. Pour en avoir le cœur net, j'enfile mon blouson et retourne voir le tag. Peut-être y trouverai-je un indice ?

Mais non. Le mur a déjà été repeint d'un blanc immaculé. Seules quelques traces de peinture sur le trottoir m'assurent que je n'ai pas rêvé.

À cet instant précis, le chat noir vient prendre sa place et me regarde avec arrogance. Je suis certaine qu'il me nargue.

Le lendemain, après une nuit agitée, je quitte la maison, l'esprit en alerte. En face, sur le mur de Mme Ivinskaia, ni chat ni tag, mais un type en train de coller des affiches. Celles-ci vantent une école de cirque installée à Rimenville. Je m'approche, intriguée par le dessin représentant un lama. C'est alors que je remarque les traces de peinture rouge sur les chaussures de l'homme. Un rouge un peu violet. Une couleur pas banale… Et si c'était lui l'auteur du tag ? J'hésite à lui poser la question lorsque, derrière moi, une voix me lance :

– Et voici notre nouveau modèle : *Rêve d'un jour* !

– Émeline !

Elle est sapée « royal » : jeans taille basse, top qui déchire sous un blouson trop mode. Je suis sciée.

– Ta mère a eu une révélation ?

– Non. Elle a voulu montrer que, ça aussi, elle sait faire. Mais demain, je me remets en marronnasse.

– Pour lui faire plaisir ?

– Pas du tout, me répond-elle sans hésiter. Pour montrer aux trois pestes que, si je suis comme ça, c'est parce que je le veux bien.

Je hoche la tête en silence.

Là, je suis hyperfière de ma copine.

Évidemment, pendant que j'admirais Émeline, le colleur d'affiches a disparu. Nous nous avançons pour mieux voir.
Derrière le lama, on aperçoit, dessinés dans un paysage de savane, un tigre, un lièvre et, au-dessus d'un arbre vert, un grand aigle qui plane.

Pas de doute : cet homme était bien mon tagueur. Émeline me fixe avec des points d'interrogation dans les yeux. Alors, l'air dégagé, je lui dis :
– Il est peut-être temps d'aller le voir, ton lama.

À suivre...

Qui a peint le mystérieux tag et que signifie-t-il ?

Qui a envoyé le poème mystérieux à Tennessee pour ses sept ans ?

Et qui est ce chat étrange qui semble la suivre ?

Tennessee trouvera-t-elle les réponses à ces questions dans l'école de cirque qui vient de s'implanter à Rimenville ?

Tu le sauras peut-être en lisant le deuxième épisode de TALAM :

L'envol de l'aigle.

Qui se cache derrière le masque de Walter Spock ? Sigrid Baffert, Jean-Michel Payet, Maryvonne Rippert et Cécile Roumiguière, qui ont imaginé TALAM.

Retrouve les autres titres de la série :

Épisode 1 : L'énigme du tigre
Épisode 2 : L'envol de l'aigle
Épisode 3 : Skate toujours
Épisode 4 : L'homme-termite

Mise en page : Corinne Deniel. Création graphique : Bruno Douin.

Loi 49.956 du 16.07.1949 sur les publications destinées à la jeunesse.
Dépôt légal : 4e trimestre 2010. ISBN : 978-2-7459-3798-8. www.editionsmilan.com. Imprimé en France par Pollina - L55063D